마임이스트 權氏

인지

마임이스트 權氏

1판 1쇄 인쇄 2022년 9월 20일
1판 1쇄 발행 2022년 9월 23일

발행처 도서출판 문장
발행인 이은숙

등록번호 제2015-000023호
등록일 1977년 10월 24일

서울시 강북구 덕릉로 14(수유동)
전화 02-929-9495
팩스 02-929-9496

문장 시인선 011

마임이스트 權氏

강만수 시집

도서출판 문장

▶ 시인의 말

스크롤바를 올렸다 내렸을 뿐인데
파일 속 시 250여 편이 사라졌다
으 으 으으윽 전멸했다
순간 멍했다 머릿속이 하얗다
한낮인데도 웅웅거리며 무언가 보였다
현기증과 함께 온 별의 순간이었다

2022년 7월
강 만 수

···

▶ 차례

2부

3부

4부

5부

1

白猫

흰 고양이 눈빛은
나른한 봄밤을 닮았다
마당가에 떨어져 뒹구는
목련 꽃잎에서 너를 본다
날카로운 발톱을 숨긴
백색 절정을

331미터 앞 막국수집

331미터를 천천히 걸어가 막국수집에 들렀다
그 길은 평탄한 길이다
331미터는 어떨 땐 가깝게 여겨지지만
근거리라고 생각되지 않고
331미터는 멀다 아주 멀게 느껴졌다
7월 14일은 매우 흐린 뒤 비가 내린 날이었지만
손에 쥔 방울토마토 11개를 씹으면서 걸어갔다
길가 어느 집 담장 안 빨랫줄에 걸어놓은
빨간 셔츠와 노란 셔츠가 바람에 펄렁인다
그 집을 펄렁이는 난닝구와 관계없이 지나간다
집 앞엔 흰 고양이와 검정고양이가 비를 피하고 있다
걷고 또 걸었지만 331미터는 줄어들지 않고
331미터는 3311미터처럼 느리게 다가온다
그러다 어떨 때는 331미터가 3311미터처럼 생각됐다
여름엔 그 길을 멀다고 느꼈지만
가을엔 당겼다 놓은 고무줄처럼 가깝게 다가왔다
그럼에도 酷暑엔 그곳을 자주 찾았다
춘천막국수를 먹기 위해

點滅

개나리 아래로 느릿느릿 걸어가는 시궁쥐 2마리는 없다
진달래 아래 천천히 걸어가는 검정고양이 3마리는 없다
걷고 또 걸어도 개나리만 노란 개나리들만 川邊에 있다
걸었다 또 걸어가도 진달래만 붉은 진달래 稜線에 있다
그러다 순한 얼굴이 떠올랐다 그 얼굴은 3월 혹은 4월로
3월에서 4월을 건너가다 지워지지 않는 네 얼굴이 떠올라
5월까지 따라온 너로 인해 나는 웃음과 울음을 오고 간다
그러다 네 안에서 튀어나온 말은 悲劇을 지나 喜劇이라고
당신 머릿속에서 이런저런 생각들이 꺼졌다 순간 켜졌다며
그런 뒤 비극은 없었다고 언덕을 걸어 올라가면서 말했다

인간 K

4발 달린 얼룩말이 걷고 있다
8발 달린 식탁도 걷는 것 같다
4발 달린 코끼리가 걷고 있다
4발 달린 의자도 걷는 것 같다
4발 달린 고양이가 걷고 있다
4층 계단을 향해 오르고 있다
2발 달린 인간이 걷고 있다
2발 달린 인간은 어디로 가는 걸까
2발 달린 인간들은 그냥 걷고 있다
2발 달린 인간은 오늘도 걷는다
무언가를 단순화시키기 위해 걷고 있다
살아가는 행위 혹은
그 어떤 언어를 새롭게 다듬기 위해
2발 달린 인간 중 하나인
K는 오늘도 걷고 있다
이 땅 위 빛이 열릴 그날을
4844442222와 함께 기다리고 있다

長壽食堂

長壽食堂에서 將帥가 되지 못한 채
將帥가 된 기분으로
長壽에 좋은 食材料로 料理한
밥상을 받았다
숟가락과 젓가락을 손에 쥐고
밥과 찬을 입 안에 밀어 넣고 씹었다
道路街 주변이다 보니
將帥 휘하 兵士들이 움직이는 걸까
내 안에 꽂히는 웅웅거리는 소리
騷音에 視線이 갔다
그 곳엔 검정 우산을 든
아줌마와 할매가 겨르롭게 걸어간다
비는 하늘에서 부슬부슬 내리다
이내 굵은 빗방울로 形體를 바꿔 내린다
그곳엔 寂寞이 밀려들고 있다
으음 絕代孤獨과 닮은
저 비는 네 마음에도 내리꽂힌다
쩡쩡쩡 쩡쩡 쩡 쩡 박힌다
우리들 마음도 비에 흥건히 젖고 있다
그녀 속심도 그렇다

형제

그 집에 오래 전 눈이 내렸던 기억이 R에겐 남아 있다
녹색 그 집에 25년 전 눈이 내렸던 기억이 L에겐 없다
눈이 내리면 새벽부터 싸리 빗자루를 들고 눈을 쓸었다
L은 눈 내리는 것엔 전혀 신경 쓰지 않고 학원을 갔다
하지만 R은 내리는 눈발에 온몸을 맡긴 채 젖어들었다
L은 함박눈에 무관심했던 까닭에 눈에 젖을 일이 없었다
그러다 R은 자신이 저 눈처럼 녹아내려 물이 돼 흐른다면
순백으로 뒤덮인 세상이 백색 눈길 아래 모두 깨끗해질까
하늘에서 떨어져 내리는 눈과 눈길을 마주하며 묻곤 했다
요즘도 눈 내리면 여전히 답을 주지 않는 눈에게 묻는다
R은 자신의 몸이 무겁다며 예전 같지 않고 피곤하다면서
온누리가 더욱 더 자신에게 어려움만 강요한다고 말한다
오늘도 R은 눈을 울린 걸까 눈이 또 눈물을 줄줄 흘린다

블루 팔레트

삶 밖에 있는 事物들을 바라보다
안으로 천천히 끌어들여
삶에다 분홍빛을 뒤섞었다
초록빛을 섞었다
노랑빛도 뒤섞었다
파랑빛을 섞었다
남색빛도 뒤섞었다
빨강빛을 섞었다
회색빛도 마구 뒤섞었다
生은 그렇게 어느 순간 섞여지는 걸까
慾望이란 이름으로 過去에서 現在까지
섞인다 섞이고 있다 뒤섞이고 있다
어쩌다 나이프로 물감을 걷어내기도 한다
그런 순간을 맞기도 한다
空間에 의해
이 세상은 色이다 이 세상은 空이다
色卽是空 空卽是色이다
色과 空이 섞인다. 섞여지고 있다
그러다 나이프를 든 이
무심히 空에서 色을 또다시 걷어낸다
그곳엔 새로운 세상이 있는 걸까

空拳

어느 순간 멈춰서서 조각난 부분을 떠올렸으나
기억이 이어진 길 보이지 않아
이상하다 전에 와봤던 길인데
괴이한 그 길을 천천히 더듬어 나가며
담배가게와 양조장과 역전 카바레
경미 극장을 지나가며 지나간 시간을 찾겠다고
흔적도 없이 사라져버린 길 앞에서
손에 잡힐 것 같은 과거를 이어 붙여 길을 간다

眞身舍利

ㅂ ㅂ ㅇ ㅂ ㅂ ㅇ 빗방울들은
어느 곳에 그 무엇도 남기지 않고
아 으 캑 캑 캑 캑 짐승 울음소리를 닮은
무언가 떨어지는 소리만 내 귀에 꽂힌다
대지 위 떨어져 몸이 바스러져
천지사방에 흩어지는 행위를 통해
ㅂ ㅂ ㅇ ㅇ 자신을 완성하고 있다

닮았다

나뭇잎들은 언젠가 청수탕에서 본 발가락과
손가락을 닮았다

장미와 함께

온다 오고 있었다 먼 곳에서 아니 아주 가까운 곳에서 온다
아주 가까운 곳에서 오지 않을 때도 있었지만 자주 왔었다
먼 곳에서 온다 오지 않을 때도 가끔 있었지만 오고는 했다
10년 전에도 근거리에서 왔고 15년 전에도 오고는 했었다
10년 전에도 원거리에서 왔고 15년 전에도 오고는 했었다
횡단보도를 건너서 오기도 했고 기찻길을 건너 오기도 했다
잠깐 멈춰 섰다가 주위를 살핀 뒤 네게 천천히 걸어서 왔다
주위를 살펴보지도 않고 도로를 무작정 뛰어서 오기도 했다
네가 올 때면 나무들이 보이곤 했다 느티나무들이 서 있다
어딘가로 사라지거나 도망칠 일이 없는 길가 가로수들이다
오거리를 지나가게 되면 은행나무들 도로 옆에 주욱 서 있다
온다 오고 있다 온다 오고 있다 먼 곳에서 멀다고 하지 않고
온다 오고는 했다 3년 전에도 5년 전에도 17년 전에도 왔다
공원 뒤 새빨간 장미를 지나 기다리지도 않았는데 오곤 했다
오라고 하지 않았는데 온다 오곤 했다 3년 전과 5년 전에도
5월은 오라고 하지도 않았는데 늘 오고는 했다 장미와 함께

11 112 22 223 33 334는 어울려 논다

11이 놀다 112가 됐다 112가 놀다 113이 됐다
22가 놀다 223이 됐다 223이 놀다 224가 됐다
33이 놀다 334가 됐다 334가 놀다 335가 됐다
44가 놀다 445가 됐다 445가 놀다 446이 됐다
55가 놀다 556이 됐다 556이 놀다 557이 됐다
66이 놀다 667이 됐다 667이 놀다 668이 됐다
77이 놀다 778이 됐다 778이 놀다 779가 됐다
88이 놀다 889가 됐다 889가 놀다 990이 됐다
놀다 됐다 놀았다 됐다 놀다 됐다 그 사이에서
파란 벽에다 11 22 33 44 55 66 77 88을 쓴다
노란 벽에 112 123 334 445 556 667 778 889
초록 벽에 224 335 446 557 668 779 9900000
000000000000000000000000000쓴다 쓰려고 해
하양이다 노랑이다 빨강이다 파랑이다 0000000
불가능한 것들을 가능하게 만드는 힘 앞에서 00
667 668 779 990은 논다 원하는 걸 이루겠다고

마임이스트 權 氏

길바닥에 나자빠진 젊은이 얼굴을 바라보다
언젠가 만났던 마임이스트 權 氏가 생각났다
사각형 서재 안에서 쪼그려 앉아 시를 읽는
權 氏는 거품이 부드러운 맥주를 마시고 있다
서서히 흑맥주에 취한 걸까 詩에 취한 건지
시를 읽는 마임이스트를 바라보던
그 집에 함께 사는 개와 새침한 고양이도
그와는 어울릴 것 같지 않은 시를 읽는다고
고개를 갸웃거리며
찰스 부코스키를 읽는 그를 올려다봤다
그러다 외출복으로 갈아입고 어딘가로 나가려는
權 氏에게 개는 어딜 가느냐고 월월 물었다
고양이도 시내에 나가는 거냐고 야옹 야야옹
하지만 마임이스트는 5월엔 할 말이 없다고
그 둘에게 조금은 미안했지만 입을 꾹 다문 뒤
속내를 드러낼 수 없다고 스스로 다짐했다
그런 뒤 자신의 부스스한 뒷모습을 보이며
앞문을 열고 밖으로 나갔다
마임이스트 權 氏는 딜런토마스와 마야코프스키는
자주 읊조리는 사내였지만
세상 사물들과는 속심을 터놓고
대화하려는 마음이 없어 보였으며
손짓과 발짓 그리고 가끔 표정만 드러냈다
그는 만물과 교감하는 시인이 아니었고
그저 자신은 시를 즐겨 읽는 사내일 뿐이라며

오늘도 앞마당으로 천천히 걸어 나와
자신을 찾아온 시를 부담없이 중얼거리고 있다
그는 앞으로도 그럴 것 같다

* 마야 코프스키(1893- 1930): 러시아의 시인 대표작으로
장시인 〈바지를 입은 구름 〉〈척추의 플루트〉 등이 있음.
* 딜런 토마스(1914- 1953): 영국의 시인이자 작가
시집 〈18편의 시〉가 있다.
* 찰스 부코스키(1920- 1994): 독일에서 태어나 미국에서 활동한
시인이며 작가 대표작으로 〈우체국〉 등이 있다.

당신

방에서 오랜 시간을 드러누운 채 나오지 않고 있을 때
은이는 내가 그 방문을 밀고 나올 때까지 기다리겠다고
침대에 누워 벽을 향한 채 먹지도 않고 자지도 않은 채
그저 숨만 쉬는 것인지 전혀 움직이지 않고 누워 있어도
이제 그만 일어나라고 어서 일어나라며 채근하지도 않고
따끈한 만둣국을 끓였다며 식탁 위에 올려놨다고만 말했다
어제 담근 열무김치와 파무침으로 점심을 먹으라고 했다
그러다 내가 걷고 싶다고 말하자 그녀는 부드럽게 다가와
저 푸르른 들길을 따라 함께 걷겠다고 삼가롭게 말했다
은인 연필심을 뾰족하게 깍아 가계부를 열흘씩 몰아 쓴다며
생은 비가 내릴 때면 음 비를 받아들이면 될 것 같다고
또한 눈이 내릴 때면 음 눈을 바라다보면 될 것 같다고
그러다 창문에 김이 서릴 때 검지손가락으로 늘 당신이라고
함께한 시간과 기억을 자신이 쓸 수 있으면 됐다고 말했다

오후 5시와 오전 5시 사이

오후 5시에 거리는 자동차가 다니지 않고 고요하다
오후 4시 거리는 자전거도 다니지 않고 정갈하다
오후 3시에 거리는 아이들도 다니지 않고 고요하다
오후 2시 거리는 고양이도 다니지 않고 괴괴하다
오전 5시에 거리는 자동차가 다니지 않고 고요하다
오전 4시 거리는 자전거도 다니지 않고 정갈하다
오전 3시에 거리는 아이들도 다니지 않고 고요하다
오전 2시 거리는 고양이도 다니지 않고 괴괴하다
오후 5시와 오전 5시 사이 거리는 파란빛으로 반짝
오후 4시와 오전 4시 사이 거리는 노란빛들로 ㅂㅉ
오후 3시와 오전 3시 사이 거리는 붉은빛으로 반짝
오후 2시와 오전 2시 사이 거리는 초록빛들로 ㅂㅉ
반짝반짝반짝반짝ㅂㅉㅂㅉㅂㅉㅂㅉ 빛으로 가득하다
고요하고 정갈하며 고요하고 괴괴한 시간들 사이에서
반짝거리며 무언가 지나간다 무언가 놓쳤다고 생각한
파란빛과 노란빛 붉은빛과 초록빛에 놀랐던 괴이함에
정갈하다 괴괴하다 모든 빛은 그렇게 ㅂㅉ반짝거린다

生과 色

羅氏가 안방에 서 있었는지 부엌에 주저앉아 있는 건지
吳氏가 동쪽 엘리베이터에서 걸어서 나온 건지 아닌지
그 순간 안방은 투명하다고 느꼈지만 푸르게 다가왔고
그 순간 부엌은 푸르다고 느꼈지만 투명하게 다가왔고
동쪽 엘리베이터는 불그스름하게 느꼈지만 노랗게 왔고
노르스름하게 느낀 엘리베이터는 불그스름하게 다가왔다
그곳이 안이었는지 밖이었는지 안방인지 좁은 부엌인지
동쪽 엘리베이터 안이었는지 밖이었는지 잘 모르겠지만
분명하게 말을 하고 싶다 또박또박 정확하게 말을 하면
어떤 무엇이라고 해도 품 안으로 받아들일 수 있었으며
무언가 끝을 볼 수 있을 것 같았지만 끝은 보이지 않았고
빨강과 노랑만 보인다 色과 生만 느꼈으니 生生色色이다

224 223 222 221 220 219

224시간 전에 만났다 223시간 전에 만났다 222시간 전에 만났다
221시간 전에 만났다 220시간 전에 만났다 219시간 전에 만났다
218시간 전에 만났다 217시간 전에 만났다 216시간 전에 만났다
나를 만났던 그들에게 나는 지금 이 순간 당장 이 자리에서 말해
당신이 알고 있는 사실들에 대해 말하라 말을 해야만 한다고 했다
그것이 갑자기 일어난 그 어떤 일이라고 해도 지금 말하라고 했다
내가 만났던 그들은 자신이 알고 있는 사실에 대해 말하지 않았다
그 일들은 그들 무리에 의해 철처히 계획 되어진 일인 까닭이기에
그들은 이번 일도 지난 번도 지나간다 그냥 지나간다고 생각하므로
한순간도 말을 하려고 하지 않았고 나는 그들에게 들을 수 없었다
그들이 행한 과거와 얼마 전 벌인 일들에 대해 전혀 알 수가 없다
그럼에도 나는 224시간 전과 223시간 전에 일어난 사건에 대해서
그냥 모른 척 지나가게 놔두지 않고 그들 입을 벌리게 할 것이다

오후엔 샛노란 노랑이다

검정색에서 아주 깜한 검정색으로 시간을 건너갈 때
비가 내렸다 세차게 비가 내린다
빨간색에서 매우 빨간 빨강색으로 생이 지나갈 때
비가 내렸다 가늘게 내리는 이슬비다
초록색에서 진한 초록잎 사이 징검다리를 서성일 때
비가 내렸다 그쳤다 그러다 다시 또 질금질금 내린다
노란색에서 샛노란 노랑잎 사이 스물세 개 돌다리 위로
비가 내렸다 2시간 정도 내렸다 또다시 오후에 내린다
저 비는 무엇을 우리 모두에게 설득 혹은 증명하기 위해
세차게 내리고 가늘게 내리다 그쳤다 다시 또 내리는지
오전 시간엔 2시간 조금 넘게 내리다 이내 그쳤지만
오후엔 그치지 않고 5시간 6시간 7시간째 내리고 있다
거리는 부끄럽게도 치부를 드러낸 채 으음 엉망진창이다
가로수 몇 그루가 넘어져 있다

어두운 거리

벡신을 맞아라 맞아야만 한다 2주간 격리해라 백신을 맞아라
수많은 사람들에게 마스크를 쓰라고 마스크 마스크도 강제한다
버스에 오를 때 혹은 지하철 탑승 때도 마스크를 쓰라고 한다
마스크를 쓰지 않으면 승차거부를 당할 수 있습니다 승차거부
대중교통 수단을 이용하기 위해선 어느 곳이든 마스크를 써라
식당이나 카페에 들어갈 때는 QR 코드를 찍어라 틱틱 틱 틱
백신 패스 미지참자와 미접종자는 이곳도 저곳도 갈 수 없다
식당이나 카페도 함께 할 수 없고 혼자서만 입장 가능하다고
이건 이래서 안 되고 저건 저래서 안 된다고 안 돼라고 한다
언제쯤 마스크를 벗고 숨 쉴 수 있는 날들이 오게 될 것인지
그 순간 백신 접종자입니다 딩 딩 딩 딩 백신 접종자는 입장
백신 미접종자는 들어갈 수 없습니다 ㅠ ㅠ ㅠ ㅠ ㅠ ㅠ ㅠ
백신 부작용에 대해선 누구도 책임지지 않는 백신 접종자가
갑자기 쓰러져 입에 거품을 물어도 원인이 무엇인지 제대로
밝힐 수 없는 현실 앞에서 3차 접종에서 4차 접종으로 ㅠ ㅠ
우리 나라 인구의 85퍼센트가 접종했건만 집단면역이 아닌
집단감염이다 진정 집단면역은 허구인 건가 위중증으로 인한
사망자가 줄지 않고 마구 늘어나고 있습니다 음 양성입니다
양성입니다 오늘도 확진자 수만 계속 늘어나는 현실 앞에서
가슴이 콱 막히는 답답함을 지울 수 없다 틱 마스크 마스크
우리 모두는 거대한 도심 속에 갇힌 좀비들이 된 것 같다고
먼 곳에서는 또 다른 Xe 바이러스가 나타났다고 한다 ㅠ ㅠ
요즘 상황은 오래 전 영화 속에서 본 좀비들을 떠올리게 한다
나 또한 좀비가 되어서 어두운 거리를 헤매고 있는 것 같다

봉천동

비린내는 없고 즐거움도 없다
쓰레기차는 움직이지 않았다
피비린내는 없고 고통도 없다
그날 구급차는 움직이지 않았다

보험

햇빛 쨍쨍한 맑은 날에
레인코트를 미리 준비하면 어떨까?

밤비

후드득 비 비 비 비 비 무결점 빗물
비가 내릴 때 비를 향해 혓바닥을 내밀고

/////////////// 빗물을 깨물고 싶다
한 방울 두 방울 세 방울 네 방울 다섯 여섯

빗방울 수를 밤새도록 세어본다
혀를 내밀고 혓바닥에 와 닿는 ----- 비를 맛본다

어둡다 어둠이 더욱 더 깊게 내릴 때까지
비를 모은다,!!!!!!!!!!!! 혓바닥 안에 빗방울을 모아

입 안에서 빗방울을 돌돌 굴리면
입천장을 차갑게 찌르는 ㅔ ㅔ ㅔ ㅔ ㅔ ㅔ ㅔ ㅔ ㅔ

빗방울은 그 누구도 흉내 낼 수 없을 것 같다
저 소리 툭 두 두 떨어지며 000000 물방울이 그리는 형상

나는 도저히 지고지순한 그 표정을 그려낼 수가 없다

갈피

붉은 장미는 소나기에 벌겋게 녹슬었다

폐차장 건너편 삼계탕집 앞에서

그날 장미 가지를 툭 끊었다

그 옆길을 빨간 모자에

검붉은 킬힐을 신은 생머리 여자가 지나간다

네 눈동자도 붉게 충혈 돼

빨강 빛들을 받아들이고 있다

나는 카페에 앉아 부드러운 빵을 씹고 있다

곧 사라지게 될 그것들을 바라보며

캐러멜샌드쿠키

이 집 늙은 가장은
27분 전에는 단맛이 진한 큐브카라멜을 먹었다
이 집 안주인은
32분 전에는 꿀캐러멜파운드케이크를 먹었다
이 집 뚱뚱한 장남은
34분 전에는 프랄리네크림롤을 먹었다
이 집 차녀는
37분 전에는 캐러멜밀크젤라토를 먹었다
이 집에서 가장 키가 큰 사남은
42분 전엔 눈사람 닮은 캐러멜샌드쿠키를 먹었다
이 집에서 키가 제일 작은 막내는
43분 전에는 라이트쇼콜라를 먹었다
이 집 사람들은 가족이 모두 모여서
55분 전에는 초코민트아이스크림을 퍼 먹었다
이 집에 사는 사람들은 쉼 없이 먹고 있다
먹는 것이 삶의 목표인 것처럼
단맛을 즐기기 위해 사는 것 같다
이 집은 먹기 위한 사람들이 사는 집이다
먹지 않으면 잡아먹히는 사냥터처럼

*캐러멜샌드쿠키: 박력분과 아몬드파우더 버터 슈거파우더 계란과 소금 등을 넣어 오븐에 15분 정도 구워 만든 과자.

펑펑 뻥

펑 펑 펑 펑 펑 펑 펑 펑 펑
펑 펑 펑 펑 펑 펑 펑 펑 펑

폭죽 터지는 소리인가
펑 펑 펑 터지는 소리를 들었던가

뻥 뻥 뻥 뻥 뻥 뻥 뻥 뻥
뻥 뻥 뻥 뻥 뻥 뻥 뻥 뻥

튀밥 터지는 소리인가
뻥뻥 뻥 뻥 터지는 소리를 들었던 것 같다

봄 햇살 그 볕 아래
노란 노오란 현기증을 닮은

폭죽처럼 아니 튀밥 터지는 소리처럼
개나리 꽃망울이 터진다

환하다 환한 빛 아래
여기서 펑 펑 펑 펑 저기서 뻥 뻥 쾅 쾅 쾅

어디선가 꽃잎 곡사포를 쏘는 걸까

2

룸

원룸인가?
일룸인가?
월룸인가?

그래 룸이다
으음 방이라고 말하자

Red Apple

시끄러운 세상을 우리는 살아가고 있다
그럴 때면 이십여 년 전
마음밭에 심어 놓은 사과나무 가지에서
붉은 사과 하나를 똑 떼어내
사각사각 씹어먹으며
누군가에게 사과할 미안한 일도 만들지 말고
죄송하다는 말을 들을 일도 없는
그런 삶을 살기로 다시 또 다짐했다
새콤 상콤한 단물이 입 안 가득 배어나오는
홍옥을 천천히 씹어삼키며
그러다 인생이란 길 위에서
누군가에게 사과할 일이 생긴다면
어찌해야 할까에 대해 곰곰이 생각하다
불현듯 아침 사과는 보약이란 말이 떠올라
어떤 이에게 하게 될지도 모를 叩頭謝罪 대신
지금 이 시간만이라도 편안한 마음으로
맛있게 사과를 먹기로 했다

Hamingstagan

왼쪽인가 오른쪽인가 왼쪽으로 갈 수 없고

오른쪽인가 왼쪽인가 오른쪽으로 갈 수도 없는

그런 사람들이 머무는 중간 지역은 어디인지

어느 한쪽으로 끝없이 강요 당하지 않는

석가모니도 말했다는 중도를 향해

어느 순간 그런 삶을 찾아 살고 싶다

현실세계에 그런 곳이 있을까 회의적이긴 하다

*Hamingstagan: 사후에 죗값을 저울로 달았을 때 어느 한쪽으로 치우치지 않고 균형을 이뤄, 천국도 지옥에도 갈 수 없는 사람들이 모여서 사는 중간지역이 있다고 한다. 그곳을 하밍스타건이라고 조로아스터교에서는 말한다.

ㅁ과 ㄷ

지나간다고 ㅁ이 말했다
무엇이 지나가냐고
ㄷ이 고개를 돌렸다
무언가 지나가는 것 같았지만
그 지나가는 것이
무엇인지는 잘 모르겠다고
ㅁ이 무심하게 말했다
누가 누구를 지나간 건지
ㅁ은 모른다
ㄷ도 모른다
ㅁ과 ㄷ이 모르는 사이
ㅁ과 ㄷ 뒤에서
또는 ㅁ과 ㄷ 옆에서
쉭 지나가는 그것들은
그렇게 지나갈 수밖에
없는 것인지
지나가는 것들을 잡고서 묻고 싶다
아니 묻기 위해 그 앞으로 다가간다
그것은 4월 하늘을 날아다니는
아니 창가에 어룽이는 그림자다

행간

15톤 트럭이 흙먼지를 날리면서 달려간다
11톤 트럭 창문과 적재함에도 먼지가 부옇다

환한 대낮에 동서남북으로 먼지를 날리면서 간다
마치 이 세상을 샛노란 먼지로 덮을 것 같다

15톤 트럭과 11톤 트럭이 앞서거니 뒤서거니 한다
노란 택시와 초록 버스도 그렇다

15톤 트럭과 11톤 사이에 한 사내가 멈춰 서 있다
노란 택시와 초록 버스 옆길을 한 여자가 걷고 있다

15톤 트럭과 11톤 사이 간격을 사내는 인지한 건지
노란 택시와 초록 버스 사이 행간을 여자도 읽은 걸까

사내와 여자는 한구석에 잠시 걸음을 멈춘 채
여자는 남자를 향해 사내는 여자를 향해 물음표를 던졌다

수치스러움은 무엇이고 아끼는 마음은 무엇일까에 대해
그 자리에 선 채로 서로에 대한 감정을 추스르며 생각했다

연주자

강풍에 모자가 날아간 뒤
바이올린 연주가 들렸다
텁수룩한 그 사내 머릿속엔
바람이 잔인하게 훑고 지나간
큰 흔적이 장음으로 남았다
자신의 행위를
그는 악기와 한몸이 된
오묘한 음으로 나타냈다.

後景

푸르른 카페 앞에선 내 녹색 문과 네 청색문은 보이지 않는다
앞과 옆 뒤와 건너 그 건너편 남색 문과 빨강 문도 안 보인다
8층 건물과 7층 건물을 건너 뛰어 5층 건물 앞 3층 건물 사이
18층 빌딩과 17층 빌딩 사이 15층 빌딩과 13층 빌딩 앞에서
8 또는 7 혹은 5 또는 3 사이 그것들이 어울리려고 하는 걸까
18 또는 17 혹은 15 또는 13이 밖으로 놀러 나가려는 건지
좁고 어두운 골목길이 아닌 환하게 탁 트인 길을 가려고 한다
단수에서 복수로 다시 복수에서 단수로 간다 가려고 한다 간다
분명한 그 어떤 것들을 실현해 나가기 위해서 복수에서 단수로
어둠 속 골목길로 들어갔다 매우 어두운 그 길을 빠져 나왔다
네 등 뒤에 서 있었을 때 녹색 신호등 뒤 카페는 보이지 않았다

몰락한 풍경

건반 하나 둘 셋 넷을 누른 뒤 소리가 사라질 때까지
피아노 앞에 앉아 기다리고 또 기다렸다

다시 울리지 않는 또 다른 음을

어스름

몇 줄 글을 쓰면 거미 2마리가 기어 온다
11행 시를 쓰면 땅강아지 5마리 다가온다
14줄 문장을 쓰면 나비 3마리가 날아온다
거미가 기어 올 때 33333 줄의 글을 썼다
땅강아지가 다가올 때 111행의 시를 썼다
흰나비가 날아들 때 1114줄의 문장을 썼다
서쪽에서 땅거미가 질 무렵엔 거미가 온다
동쪽에서 해가 뜰 무렵엔 불개미들이 왔다
남쪽에서 백로가 날아들 때 훈풍이 불었다
그것들은 어느 날 어스름 사이를 날아온다
흰 벽에 마구 휘갈겨 쓴 오래 된 낙서처럼
네 가슴과 머릿속으로 기어오고 날아든다

譫妄

애드벌룬 위 빛나던 새파란 풍선을 잡기 위해 동남풍을 좇았다
겨드랑이 속 사라진 체온계를 찾기 위해 대학병원 앞에 서 있다
전구 알 옆에서 붉은 필라멘트를 사기 위해 민 전파상을 찾았다
비 오는 날 분실한 초록 우산을 받기 위해 115번 버스에 올랐다
차선을 바꾸어도 자꾸 뒤따라오는 승용차를 피해 골목길로 숨었다
음악회에서 기립박수 소리를 들었을 때 어딘가로 달아나고 싶었다
과거가 변해서 현재가 있고 현재가 변해서 미래가 있다는 사실을
어느 날 알았다 나는 그런 사실을 부인하지 않고 받아들이고 있다
과거는 과거 현재는 현재 미래는 미래에 존재한다는 그 시간들을

齒痛

젖몸살 닮은 울음소리를 씹었다
견딜 수 없는 고통을 씹었다 다시 뱉었다
말씹듯이 씹다 또다시 뱉었다 긴 울음소리를
씹다 다시 뱉었다 긴 긴 呻吟

그러다 무언가를 씹을 마음이 없어 씹지 못했고
씹지 못한 까닭에 내뱉을 건더기도 없는
내 안의 수많은 말들을 햇빛에 섞어 천천히 곱씹다

환한 빛이 내리꽂히던 삼각형 지붕 밑에서
빛으로 가득한 테라스에 선 채
빛에 둘러싸인 게 아닌 황홀함 그 자체로

청둥오리 2마리가 헤엄치는 여울을
안방 침대에 누워 상상했다
모든 사물을 빛 안에 가둬 놓고

입 안에서 오물오물 빛을 깨물지도 못한 채
질겅질겅 씹히지 않는 오징어 다리 같은 햇빛을
지금까지도 정리하지 못했다

서풍에 마구 흔들리는 저기 저 푸르른 풀잎처럼
아니 입 안에서 쑤시는 극심한 통증으로 인해
그 어떤 무엇도 전혀 씹을 수 없었다

늙은 기타리스트

비눗방울 같은 음표를 광장에서
누군가에게 뿌리고 있다

유리컵

차갑게 입에 닿아 입술을 시리게한
붉은색 또는 푸른색 투명한 유리컵과

거친 촉감에 투명하지 않은
가끔은 입에 물고 잘근잘근 씹었던 두꺼운 종이컵

며칠 전 암붉은색 유리컵과
푸른색 유리컵에 녹황색 유리컵도 아닌

속이 비치지 않는 종이컵을 손에 꽉쥐었다
그러다 어깨에 닿아 진열대에서 떨어져 으깨진 유리컵

아니 깨지지 않고 구겨진 뒤 휙 내버린 종이컵 뒤
숨어 있던 고상한 푸른 빛 유리컵처럼

그가 찾았고 그녀가 찾기 위해 애썼던
카페에서 그는 이런저런 빛깔을 띤 컵들을 어루만지며

뜨거운 생강차를 티스푼으로 휘저어 마셨다
그 차는 면역력을 키우는데 좋다고 한다

戱論

J는 너를 포함한 모든 사물들을 먹을 것이다
너는 먹히지 않겠다고 발버둥친다
하지만 j는 반드시 전화기와
파란의자와 노란의자라도 먼저 먹을 것이다
너는 이 시간에도 먹히지 않고 있다
그러나 j는 너와 주변사물들을 입에 넣기 위해
조금 전 서둘러서 사냥을 나섰다
오른손에 긴 창을 쥔 채
하지만 j보다 앞서간 시간이
모든 것들을 남기지 않고 잡아먹었다
그 앞에서 모든 존재는 무기력하다

ㅂㅅㅈ

N이 그를 버렸지만 c는 N을 버리지 않았다
A가 그를 버렸지만 c는 A를 버리지 않았다

M이 그를 버렸지만 c는 M을 버리지 않았다
B가 그를 버렸지만 c는 B를 버리지 않았다

그들은 c를 기억하지 않겠지만
c는 그들을 잊지 않고 기억할 것이다

그들은 c에게 용서해 달라고 어느 날 말했지만
c는 그들을 용서할 이유를 찾지 못했다

c는 고독했지만 그들과 관계를 접기로 했다
단호하게

음

s는 무엇 때문에
그 무엇이 두려워 싸라기눈처럼
천지사방에 흩어지지도 못하는 걸까
비가 다가와도 비가 될 수 없고
눈이 옆에 있어도 눈이 될 수 없는
s보다도 더 이 세상에서
모자란 사내는 없을 것이다

식물성 인간

빨강화분과 파랑화분 노랑화분 검정화분을 키우고 싶어요
노랑 털이 북실북실한 개는 키우고 싶지 않아
검정 털이 북실북실한 고양이도 키우고 싶지 않아
나는 방구석에 틀어박혀 빨, 파, 노, 검 화분을 키울거예요
새장 속에서 앵무새도 키우고 싶지 않아
어항 안에다 금붕어도 키우고 싶지 않아
그저 시간이 날 때마다 빨강 파랑 노랑 검정화분과 놀거예요
화분하고 내가 부르면 반갑게 달려나와 맞아줄 것같은 화분들을
나는 키우려고 합니다 빨강하고 부르면 빨 파랑하고 부르면 파
노랑하고 부르면 노 검정하고 부르게 되면 검하고 달려올 것 같은
빨 주 노 초 파 남 보 화분들과 어울려서 즐겁게 살고 싶어요

죽맛

콩을 먹다
콩맛을 잃고
콩맛을 찾아다녔다
밥을 먹다
밥맛을 잃고
밥맛을 찾아다녔다
죽을 먹다
죽맛을 잃고
죽맛을 찾아다녔다
팥을 먹다
팥맛을 잃고
팥맛을 찾아다녔다
어느 날 네가 잃어버린
맛은 어디에
그 어느 곳에도
맛집은 없었다

1969 여름

진창에 검정 고무신을 질질 끌고 가는
어린아이처럼 여름은 그렇게 갔다

覺

전에도 걸었다 깨달은 뒤에도 걸었다

길을 걸어가며 앞으로 펼쳐질 길 걷기 전

지나온 길 되돌아봤다

깨닫기 전에도 늘 걸었던
깨달은 뒤에도 변함없이 걸어 갈

구부러진 길을 걷는다

그는 걷고 있다
휘어진 길을 곧게 펴겠다는 일념으로

꽁치구이

누군가 불러내 밥을 함께 먹고 싶은 저녁이다

도로보수

인부 네다섯 명이
폭우로 인해 움푹 파인
도로를 점심도 거른 채
땡볕 아래에서
급하게 메우고 있다
누구랄 것도 없이
그들 모두 흘린 땀으로 인해
윗옷이 등짝에 붙었다

고통의 그늘

머리카락을 싹둑 잘랐다
하지만 고통이 없다
엄지발톱을 톡 톡 톡
ㅌ ㅌ ㅌ ㅌ ㅌ ㅌ ㅌ ㅌ ㅌ
아픔은 오지 않았다
엄지손톱도 톡 톡 톡 톡
ㅌ ㅌ ㅌ ㅌ ㅌ ㅌ ㅌ ㅌ ㅌ
고통은 없었다
머리카락 그림자와 엄지발톱 그림자
엄지손톱 그림자도 자를 수 있을 것 같았다
ㅌ ㅌ ㅌ ㅌ ㅌ ㅌ ㅌ ㅌ ㅌ
고통은 없다 고통이 없다
아픔이 없다 아픔은 없다
고통은 고통이 사라졌다
아픔은 아픔이 사라졌다고
머리카락과 엄지발톱
엄지손톱은 잘 어울린다고
하지만 아픔은
늘 그 뒤에 숨어 있다
갑자기 그와 그녀를 찌른다

뒷고생

양파와 파를 가늘게 썰어
약한 불에 살살 볶은 뒤
멸치와 마른 새우를 넣어 끓인 국물에
된장을 두 스푼 넣고
바글바글 바글바글 바글바글
ㅂㄱㅂㄱㅂㄱㅂㄱㅂㄱㅂㄱㅂㄱㅂㄱ
ㅂㄱㅂㄱㅂㄱㅂㄱㅂㄱㅂㄱㅂㄱ
감자와 두부를 넣고 끓였다
맛을 보니 처음한
된장찌개치곤 구수한 것이 괜찮다
이젠 나 스스로 해먹어야만 한다
그 누구에게도
의지하는 마음을 지워야만 한다
생은 나 자신에게
전혀 준비할 시간도 주지 않고
매서운 기운으로 무겁게
육십 중반 고개에서
어느 날 갑자기 훅 치고 들어온다
ㄲㄲㄲㄲㄲㄲㄲㄲㄲㄲㄲㄲㄲㄲㄲㄲ
ㄲㄲㄲㄲㄲㄲㄲㄲㄲㄲㄲㄲㄲㄲㄲㄲ
윽 으 윽 명치에 아픔이 느껴졌다

난제

모퉁이를 돌다
빨간 풍선과 노랑 풍선을
왼손과 오른손에 쥔
아이와 마주쳤다
그 손에서 빛이 보였다
천지사방에 흩어진 빛을
아이는 끌어모아
풍선에 꾹꾹 눌러 담은 뒤
하늘로 올려보낸다
그런 뒤 소년은
눈길도 주지 않았다
빨강 풍선과 노랑풍선에게
영원한 자유를 준 걸까
풍선을 통해
어느 날 갑자기 세상을 뜬
친구 얼굴을 봤다

3

後面

D는 산보를 하루도 거르지 않고 한다
눈에 익숙한 앞길을 그는 걸었다
D가 전신주를 지나간 건지 음 전신주가
그가 노란 건물 옆을 지나간 걸까
건물들이 D를 끼고서 돌아간 건지
그가 푸른 색 건물들을 휙
아무튼 D는 그 길 위에서
천천히 길을 걸은 뒤 산보를 끝냈고
땀에 젖은 축축한 몸을 씻기 위해
욕실에서 샤워를 했다
그 뒤 텔레비전을 켜놓고 잠자리에 누워
오늘 미션은 끝이라며
이런저런 궁리를 했다
삶은 늘 변함이 없는 것처럼 보이지만
지금 이 순간에도 변하고 있다고 느끼며
스스로 생은 어떤 것인지
매우 깊이 생각에 생각을 거듭하며
D는 자신이 원하는 삶이 어떤 것인지
여전히 산책을 하며 사유한다고 했다
그에겐 얼굴 표정이 전혀 드러나지 않는
근엄한 모습이랄까 고뇌하는 또 다른 사내가
가까이 혹은 먼 곳에서 봐도
그 안에 예닐곱 명은 들어 있는 것 같다

아둔한 귀

여름철새인 새호리기에 대해
그는 아는 것이 별로 없다
하지만 오래 전부터 큐릿 큐리릿 하고 울던
찌르레기에 대해선 잘 알고 있다
아는 것이 별로 없는 새와
알고 있는 것이 상당한 새에 대해
가만히 그 것들을 살펴보다
지금 이 시간
무슨 말을 더 해야 할지에 대해선
할 말이 없다고
그는 말할 수밖에 없다
저 새 울음소리를 제대로 받아들여
해석 또는 음미 할 수 있는
귀가 없는 까닭에

Ld

왼쪽에 서 있는 개 한 마리
슬그머니 다가와
갑자기 손가락을 깨물었다
왜 무슨 이유로
주인이 오른쪽 밥그릇 앞에
앉아 있다는
단지 그 이유만으로
손가락을 깨문 걸까
주인은 옆에 있던
회초리를 들어 개를 다스렸다
혼내지 않을 수 없다

전선

사병들은 어깨에 소총을 걸고 있다
장교들은 허리에 권총을 차고 있다
수류탄을 앞가슴에 매단 사병도 보인다
기관단총을 들고서 가는 병사도 있다
저들은 어느 곳을 향해 가고 있는 걸까
수십 대 탱크도 진흙탕을 지나
어딘가로 가고 있다
하늘에 헬리콥터 141대가 날아간다
그는 저들이 어디로 가는지 알 수가 없다
전선은 어디인가 자신이 서 있는
그 자리가 싸울 곳이라며
그들 모두는 말한다
승리는 싸우겠다는 강한 의지에서 나오는 걸
저들은 알고 있는 걸까
그냥 살아남기 위해 애쓰는 모습만
우리들 눈엔 보였다

키에프에서

11시에서 11시 5분 혹은 12시에서 12시 7분 쯤
9시에서 9시 11분 혹은 8시에서 8시 14분 사이
먼 하늘을 찢으며 몇 대의 전투기들이 날아온다
푸르른 창천을 찢으며 이스칸데르 미사일도 날았다
11시에서 11시 5분 사이엔 까마귀도 날지 않았다
12시에서 12시 17분 새엔 참새들도 날지 않았다
9시에서 9시 11분 사이엔 흑두루미도 날지 않았다
8시에서 8시 14분 사인 그 어떤 새도 하늘엔 없다
거대한 빌딩 숲 사이를 날아다니는 새들은 없었다
새들은 늘어선 빌딩 숲 사이로는 비행하지 않았다
몇 대의 전투기들 이륙 뒤 미사일만 날아들고 있다
도심아파트에 명중한 미사일로 인해 벽이 뻥 뚫렸다
그 순간 네 눈에선 피눈물이 흘렀으며 정신을 잃었다

깜박했다

깜박했다 깜박할 일이 아닌데 깜박했다
며칠 전 해바라기를 바라보다
태양을 향해 깜박했다
요즘은 자주 깜박한다
자동차 문에 키를 꽂아 놓은 채
깜박했다 깜박한다
녹슨 철로길을 걸어가다 깜박깜박한다
염전 옆길을 걷다
새벽달 교교한 빛이 소금창고를 향해
빛을 발할 때 깜박깜박
철새 몇 마리가 먼 하늘로 날아갈 때
깜박깜박깜박깜박한다
가시 돋힌 선인장을 응시하다
깜박깜박깜박
눈길이 여자 어깨 위에 꽂힐 때
깜박깜박깜박한다
옷장 속에서 오래된 상의 몇 벌을 꺼낸 뒤
쌓인 먼지를 털어내려다
깜박깜박깜박한다 깜박깜박
깜박했다 깜박할 일이 아닌데 깜박했다
李 氏는 요즘 그렇다 그냥 깜박한다
일순간 깜박깜박깜박 한다고 말했다

초식동물

사슴은 선 채로
종일토록 풀을 뜯는다

삶은 쉴 틈이 없다
애초부터 고통스러운 걸까

발신

혓바닥을 들이밀고
백합꽃들을 핥았다
꽃이 몸을 비틀듯
그렇게 시간이 지나갔다
그뿐이다

어디선가 글렌굴드가 연주한
골든베르크협주곡이 들린다

* 글렌굴드(1932~1985): 캐나다 토론토에서 출생한 피아니스트다. 바흐의 《골든베르크협주곡》을 재해석해 연주한 것으로 유명하다. 동물들을 인간보다 더 사랑했으며, 한여름에도 두꺼운 코트와 장갑을 끼고 다닌 기행으로 널리 알려져 있다.

Good day

꽃들은 미쳤다 미친 것 같다
미치지 않고서야
어찌 저렇게 다리를 벌린 채
헤벌어지게 웃을 수 있단 말인가
그날 아침엔 웃다가 죽은
용서가 되지 않는
미친 꽃들을 화단에서 치웠다
생이 끝난 꽃잎들은 어쩔 수가 없다

2020219

밑줄을 그어놓고. 몇 날 며칠을 씻지도 못한 채로.
苦悶을 거듭하지만. 당최 알 수가 없어. 그럴 때면.
깨침이 올 순간까지. 깨어 있거나. 잠자리에 들거나
의심을 치울 수 없을 땐. 暗鬼에서 벗어나기 위해
얼굴이 퀭하도록. 穀氣를 끊고. 生은 無生과 다르고.
消滅은 消滅이 없는 상태와도 다르다는 글을 읽다.
이 길 위에서. 讀書를 지속적으로 할 수 있는 건지.
極甚한 혼란스러움에 빠져든. 이런 상태에서 어찌.
의심을 깰 수가 있는 걸까. 스승에게 묻지 않을 수
없어. 그에게 가르침을 구했더니. 疑心이 잦아지고.
의심이 물러감이 거듭해서. 반복되다 보면 반드시.
그 疑心은 깨진다. 그날이 찾아든다. 하기에 의심을.
으깨기 위해. 책을 읽다가. 잦아진 의심을 다잡았다
Kyy에게 책 읽기는. 그런 고민의 連續인 것 같았다.

2020220

예술가는 아무것도 아니다
그는 그 무엇도 될 수가 없다
그럼에도 불구하고
여전히 예술가는 무엇이다
그는 그 무엇이라도 될 수 있다
그는 아무것도 아니지 않다
예술가는 무엇 그 자체
그 어떤 것도 해낼 수가 있다
무정에서 유정
혹은 다시 무정으로
순간순간 빛나는 상상력이
그를 그곳으로 이끈다
예술가는 그렇다
그는 그 무엇이라도
머릿속에서 그려 실행할 수 있다

美人

상글한 콧날과
짙은 눈썹 사이
서늘한 그늘이 깊다
그 순간 어떤 사내
들창을 사이에 둔 채
애를 끓인다
당신 귀에도
그 소리 들리는가
심장을 툭 툭 뛰게 만드는
거친 숨소리

밀린 잠

아침 식탁에 오를

쫄깃한 스파게티를

그는 끓이는 걸까

곤한 잠 속에서
코골이를 연료 삼아

무거운 형용사

돌연 봄빛이 싱겁다고
으음 바람도 또한
드넓은 바다가 무겁다고
으음 강물 또한
불현듯 형용사가 느끼하다고
으음 동사 또한
월요일이 싱숭생숭 하다고
으음 일요일 저녁 또한
문득 새소리가 버겁다고
으음 개 짖는 소리 또한
잔즐거리는 미소처럼 입춘이 왔다고
으음 경칩 또한
갑자기 어떤 얼굴은 는질맞고
으음 그 사내 낯빛 또한
새침한 고양이 눈빛은 제말량이고
으음 재색비둘기 눈빛 또한
으으 으 으 느닷없이 그렇다
뜬금없이 으으 으 그렇다
삶은 난데없이 우들푸들하다
현재진행형 으 으 으 으으 무겁다

깊은 밤

황금빛 이불 속 내 왼쪽 발등 위
오른쪽 발가락 다섯 개가 얹혀졌다

아내 숨소리만 들리는 밤이다

줄장미 가시

그늘이 탁난쳐 햇빛은 없다고 한다

그러나 누군가 햇살은 있다고 말하고 있다

햇빛은 닫혔고 그 광장에서 찬란한 빛은 열리지 않았다
빛이 닫혔다 빛은 주춤주춤

그 순간 돌아누운 긴 빛 사이로
길바닥에 마구 굴절되던 빛은 이내 사라졌다

빛은 가시와 같다 줄장미 가시를 닮은 빛은
내 가슴을 마구 찌른 뒤 어디로 몸을 감춘 걸까

빛이 그 옆에서 달아난다 그 뒤에서 사방팔방으로 뛴다
네 옆에 서 있던 알 수 없는 그들도

깔깔거리며 질질 눈물을 짜면서 어딘가로 마구 달아난다

태양 다방 뒤

눈을 뜨면 山이고 눈을 감아도 山이기에
하루 一百二十萬번 눈을 깜박이면서
눈을 떴다 감은 채 번갈아 事物을 받아들여
여전히 生과 死가 分別이 안 되는 삶을 견디며
빛이 전혀 들지 않는 습하고 어두운
태양과 관계없는 태양 다방 푹신한 소파에 앉아
뜨거운 커피를 후후 불면서 마신다
그런 뒤 붉게 떠오를 찬란한 태양을 그린다

붉은 물고기

붉은 물고기 눈알이 슬펐다 ⪡⪡⪡⪡⪡⪡⪡⪡⪡
햇빛은 천지사방에서 번뜩여 | | | | | | | | |
앞과 옆 뒤를 뚜렷하게 구분할 수가 없다
⫻ ⫻ ⫻ ⫻ ⫻ ⫻ ⫻ ⫻ ⫻ ⫻ ⫻ ⫻ ⫻ ⫻ ⫻ ⫻ ⫻ ⫻ ⫻ ⫻
어디선가 부르는 노랫소리만 들릴 뿐이다
⪅⪅⪅⪅⪅⪅⪅⪅⪅⪅⪅⪅⪅⪅⪅⪅
시붉은 물고기 눈알을 바라보다⪡⪡⪡⪡⪡⪡⪡⪡
나도 슬펐다 ⊙⊙⊙⊙⊙⊙⊙⊙⊙⊙⊙⊙⊙⊙⊙
검붉은 물고기 눈알을 바라보다
⪡⪡⪡⪡⪡⪡⪡⪡⪡⪡⪡⪡⪡⪡⪡⪡⪡⪡⪡⪡
너도 슬펐다⊙⊙⊙ ⊙⊙⊙⊙⊙⊙ ⊙⊙⊙
붉은 물고기 아가미를 바라보다∨̇ ∨̇ ∨̇ ∨̇ ∨̇ ∨̇
나도 슬펐다 ⊙⊙⊙ ⊙⊙⊙ ⊙⊙⊙ ⊙⊙⊙
핏빛 물고기 아가미를 바라보다
∨̇ ∨̇
너도 슬펐다 ⊙⊙⊙ ⊙⊙⊙ ⊙⊙⊙ ⊙⊙⊙⊙
시붉은 물고기 지느러미를 바라보다
⩯⩯⩯⩯⩯⩯⩯⩯⩯⩯⩯⩯⩯⩯⩯⩯⩯⩯⩯⩯
나도 슬펐다 ⊙⊙⊙ ⊙⊙⊙ ⊙⊙⊙ ⊙⊙⊙
검붉은 물고기 등지느러미를 바라보다
⩯⩯⩯⩯⩯⩯⩯⩯⩯⩯⩯⩯⩯⩯⩯⩯⩯⩯⩯⩯
너도 슬펐다 ⊙⊙⊙ ⊙⊙⊙⊙⊙⊙ ⊙⊙⊙
붉은 물고기 비늘을 바라보다
∭∭∭∭∭∭∭∭∭∭∭∭∭∭∭
나도 슬펐다 ⊙⊙⊙⊙⊙⊙ ⊙⊙⊙⊙⊙⊙ ⊙

붉은 ∭∭∭∭∭∭∭∭∭∭∭∭∭∭∭

붉디붉은 물고기 비늘을 바라보다

너도 슬펐다 ⊙⊙⊙ ⊙⊙⊙⊙⊙⊙ ⊙⊙⊙

시붉은 물고기는 슬퍼보인다⩹⩹⩹⩹⩹⩹⩹⩹⩹

⩹⩹⩹⩹⩹⩹⩹⩹⩹⩹⩹⩹⩹⩹⩹

슬프다 슬프다 그 몸짓은 슬펐다

⊙⊙⊙⊙⊙⊙⊙⊙⊙⊙⊙⊙⊙⊙

곧 도마 위에 올려져 칼을 맞게 될 것이기에

그날은 더욱 더 슬펐다고

발가락 위에다 식탁을 올려놨다

백색 식탁 위에 올려놓은
네 발가락을 입에 문다
황색 식탁 위 올려놓은 네 손가락을 입에 문다
입에 문 네 발가락 위에다 식탁을 올려놨다
입에 문 네 손가락 위에다
식탁을 올려놨다
벌어진 다섯 개 발가락을 식탁은 알고 있다
벌어진 다섯 개 손가락을
식탁은 알고 있다
식탁은 알고 있다 벌어진 다섯 개 발가락
식탁은 알고 있다
벌어진 다섯 개 손가락을
두려움이 식탁으로 발가락을 저녁에 불렀다
무서움이 식탁으로
손가락을 아침에 불렀다
발가락이 두려움으로 인해 소리를 질러댄다
손가락이 공포로 인해
소리를 질러댄다
백색식탁 위에서 발가락 다섯 개 날아다닌다
황색식탁에서 손가락 다섯 개 기어가고 있다
무섭다 저 식탁 위 손가락과 다섯 개 발가락
그것들을 툭 툭 툭 툭 툭 툭 건드리지 말자

침착한 빛

유리가게 앞과 ⊖ ⊖ ⊖ ⊖⊖ ⊖ ⊖ ⊖
유리가게 옆 ⊔⊔⊔⊔⊔⊔⊔⊔⊔
유리가게 뒤로도 햇빛이 들어왔다

햇빛 앞에서 소녀가 ⊙ ⊙ ⊙
그 옆에서 소년이 ⨍ ⨍ ⨍ ⨍
햇빛 뒤에서도 누군가 노래를 부른다

유리가게 앞에 남자는 없다⍏ ⍏ ⍏ ⍏ ⍏
유리가게 옆에 여자는 없다♀ ♀ ♀ ♀ ♀ ♀
유리가게 뒤에 아이도 없다⨍ ⨍ ⨍

이층 창 앞에 서 있는 그를 눈에 담았다
⩀ ⩀ ⩀ ⩀ ⩀ ⩀ ⩀ ⩀ ⩀ ⩀ ⩀ ⩀ ⩀ ⩀ ⩀ ⩀ ⩀ ⩀ ⩀ ⩀
이층 창 옆에 서 있는 그를 바라봤다
⩃ ⩃ ⩃ ⩃ ⩃ ⩃ ⩃ ⩃ ⩃ ⩃ ⩃ ⩃ ⩃ ⩃ ⩃ ⩃ ⩃ ⩃
이층 창 뒤에 서 있는 그를 유심히 봤다

햇빛은 천지사방에서 번뜩여
/// /// /// /// /// /// /// /// /// /// /// /// /// /// /// ///
앞과 옆 뒤를 뚜렷하게 구분할 수가 없다
⊊ ⊊ ⊊ ⊊ ⊊ ⊊ ⊊ ⊊ ⊊ ⊊ ⊊ ⊊ ⊊ ⊊ ⊊ ⊊ ⊊ ⊊
소녀가 부르는 노랫소리만 들릴 뿐이다
⊙ ⊙ ⊙ ⊙ ⊙ ⊙ ⊙ ⊙ ⊙ ⊙ ⊙ ⊙ ⊙
햇빛은 천지사방에서 번뜩여

//// //// //// //// //// //// //// //// //// //// //// //// //// //// //// ////

앞과 옆 뒤를 뚜렷하게 구분할 수가 없다
소년이 부르는 노랫소리만 들릴 뿐이다

뭉툭한 오후 아홉 시

붉은 손가락이 내 목구멍 속
푸른 발가락이 네 콧구멍 안으로
붉은 손목이 내 목구멍으로 깊이 들어왔다
푸른 발목이 네 콧구멍 속 깊숙이
내 목구멍 안에서 붉은 손가락은 빛을 발한다
네 콧구멍 속에서 푸른 발가락도
내 목구멍 안 깊은 곳에서 붉은 손목은 빛이다
네 콧구멍 속 깊은 곳에서 푸른 발목도
나는 내 목구멍 안에 들어온 손가락을 먹었다
너는 내 콧구멍 속 들어온 발가락을 밀어냈다
나는 내 목구멍 안 들어온 붉은 손목을 먹었다
너는 내 콧구멍 속 들어온 푸른 발목을 밀어냈다
붉은 손가락은 불그죽죽한 목구멍 안에 있고
푸른 발가락은 푸르스름한 콧구멍 속에 있다
붉은 손목은 목구멍 안 깊고도 깊은 곳에 있고
푸른 발목은 콧구멍 속 너무나도 깊은 곳에 있다
그러다 붉은 손가락이 목구멍 안에서 툭 끊어졌다
푸른 발가락도 콧구멍에서 툭 툭 끊어졌다
붉은 손목이 목구멍 속에서 툭 툭 툭 끊어졌다
푸른 발목도 콧구멍 안에서 툭 툭 툭 툭 끊어졌다
그러다 손가락과 발가락은 끝났다 손목과 발목도 함께
목구멍과 콧구멍 안에서 그것들은 온세상 끝을 받아들였다

無碇泊

너를 피해 나왔건만
굵은 빗방울이 파편처럼
천지사방에 마구 튀고 있다
////////////////////////////////
이 비를 어느 장소에서
빗줄기 으음 빗줄기들을
방울방울 빗줄기 저 비 비 비를
네 안에 아니 그녀 안에서
보지 않고 듣지 않을 수 있을까
ㅣ ㅣ ㅣ ㅣ ㅣ ㅣ ㅣ ㅣ ㅣ ㅣ ㅣ ㅣ
손아귀에 꽉 쥔 뒤 내던지고 싶은
네 안에서도 숨을 수 없고
그녀 안에서도 몸이 젖는 걸 피할 수 없는
////////////////////////////////
백년 전에도 내렸고
천년 전에도 내렸던 비 비 비 비
지금까지도 여전히
그칠 줄 모르고 내 마음을 들쑤신다
//////////// ㅣ ㅣ ㅣ ㅣ ㅣ ㅣ ㅣ ㅣ ㅣ ㅣ ㅣ
//////////// ㅣ ㅣ ㅣ ㅣ ㅣ ㅣ ㅣ ㅣ ㅣ ㅣ ㅣ
碇泊하지 못한 채
파도에 마구 흔들리는 배와 같은 비

식물행성

물병자리 왼쪽에 네가 있고 잠자리가 있으며 능소화가 있다
물고기자리 앞에 그녀 있고 표범이 있으며 패랭이꽃이 있다
양자리 뒤에는 네가 있고 코끼리가 있고 삼지구엽초가 있다
황소자리 오른쪽엔 그대 있고 사자가 있고 쑥부쟁이가 있다
그것들은 웅숭깊은 별자리다 그것들 곁엔 그늘이 숨어 있다
아니 그늘은 보이지 않고 붉게 타오르는 황홀한 빛만 있나니
나는 그 빛을 향해 천천히 날아간다 빛이 그곳에 있는 까닭은
전후좌우에 늘어서 있는 꽃과 별자리들을 마주하기 위함이다

접시

파란 접시 노란 접시
붉은 접시
백색 접시

그 위에 올려놓은 고등어
그 위에 대구
그 위에 광어와 병어

그것들 살을 발라낸 뒤
뼈만 남은 아침이다

그는 고등어와 대구
그리고 목구멍에 걸린 광어 뼈 같은
가느다란 햇살을 그 시간이면 느꼈다

식탁 위 빛이 멈춰선 순간이다

파란 풍차 베이커리

곰보빵이 먹고 싶다는 생각이 들었을 때
따끈한 우유가 1잔 내 앞에 나타났다
식빵에 사과잼을
발라 먹고 싶은 생각이 들었을 때
따끈한 홍차가 1잔 내 앞에 나타났다
곰보빵과 우유를 포기했을 때
무기력증이 다가왔다
식빵과 홍차를 내려놨을 때
외로움이 다가왔다
곰보빵이 먼저인지 우유가 혹은
식빵 또는 사과잼이 먼저인지
목요일을 흘려보내며
금요일에는 풍차 빵집을 찾아가
그것들 중 하나를 선택해야 할지
나는 똑 부러지게 곰보빵과 우유다
부드럽게 잘 씹히는 식빵이다
향긋한 홍차라고 결론을 내리지 못했다
하지만 너무 뚱뚱하지도 않게
비쩍 말랐다는 소리도 듣지 않게끔
먹는 것을 조절하기로 마음 먹었다
목요일 밤 늦은 시간에

4

흐릿한 행동

은박지를 구겨서 내던진 여자는
담배를 입에 문 채

느리게 골목길을 걷는다

그녀는 술에 취한 걸까
비척거리며 간다

변이

음험했다 벽 뒤에 선 채
창문 없는 집 앞에서
일상은 위태롭고 난폭했다
불안한 선택 뒤
위장된 그 무엇들이
네게 그것들은 사라진 것 같았지만
우리 곁에 변형된 모습으로 다가온다

진달래

산등성이와 계곡엔
수없이 죽어 뒹구는
선남선녀로 인해
시신을 수습할 수도 없다
피로 물들은
저 산야를
으음 어이할까나

나무와 태양

태양은 조팝나무를 향해 웃고 있다
이팝나무도 하늘을 향해 꾸벅 인사를 한다

나무들은 8시간 혹은 10시간 동안 즐거웠다
태양도 조팝나무와 이팝나무로부터 전해지는

힘을 온몸으로 받아들이며 즐거워하는 것같다.

뉴요커

누군가 울음소리와 트럼펫 소리
침대에선 삐걱삐걱 긴 머리카락이 흘러내린다
세탁기와 녹슨 동전과 뜨거운 욕망
차가운 도넛과 함께
맥주를 마시는 흑인과
영화관 광고와 노란 택시도 지나간다
아빠 손을 잡고 야구를 보러가는 소년과
너무 과한 소비와
누군가에겐 부족한 빵과 달달한 포도주 사이
풍성한 백화점 앞 사람들이
시간처럼 아니 강물처럼 흘러간다
H는 음악을 듣고 있다
하지만 삶을 속절없이 질질 흘린
그는 자신의 삶은 기록하지 못했다
모든 것이 너무나 빠르게
지나간 까닭에
20세에서 30, 40, 50, 60세
70, 80, 90은 흐흐 흐라고 말할 수밖에 없다

비빔밥

붉은 고추장에
쓱쓱 밥 비벼 먹으며
鬱火를 삼켰다

수저를 입 안에 쑤셔 넣다
憤怒가 터져 나왔다
이 火는 어디서 오는 걸까

아무도 없는 한낮에
오이지와 함께
밥을 씹어 넘기며

천안함 병사들을 생각했다

쉬, 파랑새증후군

저기 저 트래비 분수대 물방울처럼 마구 튄다
셀 수 없을 만큼 수많은 물방울들이

황금잉어 1마리 2마리 3마리 4마리 5마리
네 가슴속 깊고 깊은 곳에서 뛴다

몇 마리 새들이 하늘로 날아오르듯
드넓은 가슴속으로 파랑새가 날아간다

네가 방바닥에 앉아 붉은 매니큐어를 바를 때

가슴속 분수대에선 물방울이 마구 튀고
몇 마리 물고기들이 뛰어오른다

푸르른 하늘을 뚫고 날아가는 파랑새처럼
한 마리 두 마리 세 마리 새들이 난다

너는 늘 푸른 들판과 닮은 쾌적한 방에 앉아
매니큐어를 엄지손가락 손톱에 바른다

가끔은 검지발가락 발톱에도 칠한다 그뿐이다

*파랑새증후군: 미래 행복만을 꿈꾸며 현재 상황에는 관심을 보이지 않는 심리를 말함.

미완성 교향곡

나무는 초록색 머리카락에 마음을 길게 늘어뜨려

자신의 속마음을 표시하는 걸까

연초록 머리카락 닮은 가지들을 바라보다

나무의 마음을 툭 건드렸더니

아야! 아야 하면서

버드나무는 자신의 순결함을 건드리지 말아달라고
애원한다

아니 내게 간절히 고개 숙여 애원하고 있다
이리저리 흔들리는 마음을 다잡아 달라고

스스로 불 밝혀 진리의 길을 열어 나가는
생명력 넘치는 저 수행자처럼

큰오색딱다구리

소년들 머리카락 속 띠리링 전화벨 울리는
소녀들 머리카락 사이에서 밥 끓는 퓨퓨퓨
아주머니 이마에서 전화기가 튀어나왔다
아저씨 넓은 이마 위에서 밥솥이 튀어나왔다
전화벨 소리가 까막딱따구리 뚜루루 뚜루루
밥 끓는 소리는 큰오색딱다구리 퓨퓨 끼이이 끼
우는 소리 울어대는 그 소리와 몸짓들을
휴대폰으로 불러들여 그 안에서 종일 놀게하면
부리는 누런 백색이고 온몸이 까만 새와
허리에 흰 반점과 귀밑이 하얗고 등이 까만 새가
핸드폰 안에서 드럼을 쉼 없이 치는 건지
뚜두두 다다다 뚜두 따다 뚜두 따다 다다다
오 너희 둘이 노래를 부를 때는 그런 몸짓으로
으 으음 퓨퓨 끼이이 나는 이제야 알게 되었다
나무 위에서 틱틱 거리는 뚜루루 뚜루루 뚜루
전화기가 아닌 내 귓속에다 어느 순간 가둘 수 있었다
너희들이 숲속에서 벌이는 신나는 놀이를

경쟁

지나간 시간을 통해
나를 천천히 들여다본 뒤
주변 그 누구와도
각축을 벌이지 않기로 했다
다른 이와 경쟁은
부질없이 나를 소모하는 행위
그런 까닭에
나 자신과만 경합한다
흘러간 시간 속
미흡함을 되새기며
오늘도 시에 매진해
족함을 구하기 위해 애쓴다
온갖 사물들을
내 안으로 끌어들여
과거를 딛고 시를 끌어안았다
현재에서 미래로 나가기 위한
둥근 세계는 어디일까
그곳을 찾기 위해 서성거린다

박준기
- 2022319

괜찮다 괜찮다고 말하자
괜찮다고 말하면
지금 현재 상황이
그렇지 않다고 해도
편안하게 될 것이라고
괜찮다 괜찮다 괜찮다고
마음이라도 평안하게끔
주문이라도 외우듯 말해보자
괜찮다 너와 나
우리 모두는 괜찮다고
하지만 괜찮지 않았다
형님은 늘 괜찮다고 말했지만
3월 어느 날 늦은 밤에 걸려온
그의 아들 전화를 받고
나는 그가 괜찮지 않음을 알았다
南無觀世音 南無觀世音 菩薩

희자밥집과 111454 카페

밥집이 있다 공원을 돌아가면 백반집이 보인다
희자밥집 뒤에는 오래된 영화관이 버티고 서 있다
영화관 옆으로는 생맥주집 몇 곳이 영업 중이다
생맥주집 뒤로는 작은 공원에 벤치가 몇 개 있다
공원 옆으로는 초등학교에서 아이들이 뛰논다
학교 앞엔 민정문방구와 경주떡볶이 집이 보인다
문방구 뒤로는 몇 년 전 사라진 구멍가게 자리가
떡볶이 가게 옆으로는 조금 걸어가면 은행이 보인다
국민은행 앞에는 111454 카페와 890 카페가 있다
890 카페 뒤로는 찐빵과 호두과자를 먹었던 기억이
111454 카페 옆으로는 전파상이 주욱 늘어서 있다
전파상 앞엔 잘익은 토마토가 보이는 정원이 있다
정원 뒤엔 네가 앉아서 담배를 피우던 계단이 있다
계단 옆에는 정확한 문장이 떠오르지 않아 으 으음
네가 있고 고양이 몇 마리가 야옹거리며 지나간다
그 순간 모든 행위를 지워야 쓸 수 있다고 생각한다
밥집과 공원 영화관과 생맥주집 초등학교를 떠올리며
그 모든 것들을 비워야만 채울 수 있다고 중얼거렸다

西域

막무가내로 휘 휘 휙
옆에 선 사람은
안중에도 없이 지나간다
휙 휙
너를 뛰어넘고
우리 모두를 넘어서
빠르게
지나가고 있다
앞에 선 사람을 밀어낸 뒤
저만 먼저 가겠다고 한다
그런 사람은
앞서서 가게 해야 한다
절벽이라고 해도
확 밀어줘야 하는 걸까
으음 망설이게 된다

새벽

후두둑 푸드드득
투명한 꼬리를 흔들면서 날아가는

밝은 빛

모차르트

피아노 협주곡 23번과
늦은 밤 시간을 보내다보니
먼 산에서 새벽이 천천히 왔다
마리아 유디나가 연주한 곡은
1953년 독재자 스탈린이
죽기 직전까지 들었다고 한다
그녀는 한평생 그를 경멸했지만

느티나무 아래에서

느티나무 긴 가지 그늘 아래 앉아
흔들리는 잎 잎들을 낚으려 했지만
낚이지 않는 나뭇잎은 매우 가볍게 흔들린다
주둥이가 큰 떡붕어는 비늘이 번뜩인다
그러다 가볍게 다가온 출렁이는 세계를 낚아챘다
비늘을 희번득 떡붕어는 반짝인다
꿈속에서 본 그것들 모습은 어느 순간 사라졌다
고요한 강가에서 낚시에 열중하던
그 자리에서 나는 벗어날 수 있는 걸까
세상 떠난 사람들 이야기는 꿈과 같다고 했지만
그들 삶이 내 꿈과 겹쳐져 아룽거리는 현실 앞에서
생은 도대체 가늠 할 수가 없는 것같다

慈悲心

갖고 있는 걸 아끼지 않고 준다
모든 것을 주변인들에게 내준다

득실을 따지지 않고 주려고 한다

가시

장미가시에 찔린 중지손가락에
통증을 느꼈지만 개의치 않았다

흐흐 릴케가 아닌 까닭에

중복

수족관 속에다 오른쪽다리를 푹 집어넣고
물고기들에게 발가락을 뜯어 먹게 하는 여자
발가락들을 하나 둘 셋 넷 다섯 개
엄지발가락에서 검지발가락 중지발가락 순으로
뜯어먹는 물고기 2마리 3마리 4마리
과천댁 발가락 껍질을 허겁지겁 발라먹는 어족들을
사각형 수족관 밖 유리에 이마를 바짝 댄 채
눈을 치뜨고서 관찰 중인 김천 사내
11마리 12마리 13마리 14마리 물고기들 또한
눈을 동그랗게 뜬 채로 사내를 응시한다
그것들이 우르르 달려들어
자신의 눈알을 파먹을 것 같은 느낌에
무섭다 갑자기 두렵다는 생각에
남자는 등줄기가 서늘했다
하지만 온몸을 휘감는 묵직한 공포를
반드시 즐겨야만 하는 까닭에
사내는 물속에서 여자가 발을 빼는 걸 원하지 않았다

채식주의자

초록색으로 접었던 마음을 폈다
초록색으로 접었던 10페이지 뒤
마키아벨리를 읽었다
파란색으로 접었던 마음을 펴고
파란색으로 접었던 11페이지 뒤
채식주의자로 접었던 마음을 열고
츠빙글리를 읽었다
채식주의자로 접었던 17페이지 뒤
육식주의자로 접었던 마음을 편 채
알투시우스를 읽었다
육식주의자를 접었던 순간
오래 전 마음속 넣어둔 초록색을 끄집어냈고
토머스 모어를 읽었다
함께 넣었던 파란색과 붉은색 사이
채식주의자를 다시 편 뒤
마틴 루터를 읽었다
그 후 금욕주의자는
채식주의자와 육식주의자 앞에서
채식과 육식 그 어떤 것도 주장하지 못한 채
초록색과 파란색 앞에서
초록색과 파란색도 선택하지 못했고
경계에서 우유부단 했다
그런 뒤 다시 스피노자를 읽고
자신은 여기까지라면서
예까지라고 고백했다

Healing Color

빨강빨강빨강빨강빨강빨강빨강빨강

ㅃ ㄱ ㅃ ㄱ ㅃ ㄱㅃ ㄱ ㅃ ㄱ ㅃ

파랑파랑파랑파랑파랑파랑파랑파랑

ㅍ ㄱ ㅍ ㄱ ㅍ ㄱㅍ ㄱ ㅍ ㄱ ㅍ

노랑노랑노랑노랑노랑노랑노랑노랑

ㄴ ㄹ ㄴ ㄹ ㄴ ㄹ ㄴ ㄹ ㄴ ㄹ ㄴ

검정검정검정검정검정검정검정검정

ㄱ ㅈ ㄱ ㅈ ㄱ ㅈ ㄱ ㅈ ㄱ ㅈ ㄱ

하양하양하양하양하양하양하양하양

ㅎ ㅇ ㅎ ㅇ ㅎ ㅇ ㅎ ㅇ ㅎ ㅇ ㅎ

네 Killing Color는 빨강 빨강 빨강
내 Healing Color는 파랑 파랑 파랑
너를 죽이고 싶을 땐 빨강빨강하고
나를 살리고 싶을 땐 파랑을 부른다
그러면 그것들은 달려온다 ㅇㅇㅇㅇ
ㅇㅇㅇㅇㅇㅇㅇㅇㅇㅇㅇ 오고 있다
어떨 땐 노랑 노랑 노랑을 부르고
또 어떨 때는 하양을 부르기도 한다
그것들과 어울려 함께 즐기기 위해

주인

주인인지 아닌지 그런 건 따지지 말고

그냥 문을 열고 들어가 그 집에서 푹 쉬자

나 자신이 집주인인지 아닌지 회의하게 되면

그 집 문을 열고 들어갈 수가 없다

그런 까닭에 주인인지 아닌지 생각하지 말고

과감하게 문을 밀고 들어가 點心을 차려 먹자

저녁밥을 집에서 두부찌개와 함께 먹을지 아닌지는
그 시간이 되면 절로저절로 알게 될 것이다

마트食生

닷새 전 아침에는 꿈나라 마트에서 컵라면
점심에는 달나라 마트에서 컵우동
저녁에는 별나라 마트에서 신라면
나흘 전 아침에는 해나라 마트에서 인도카레
점심에는 닭나라 마트에서 김치면
저녁에는 말나라 마트에서 마파면
사흘 전 아침에는 소나라 마트에서 쌀떡국
점심에는 새나라 마트에서 비빔면
저녁에는 개나라 마트에서 얼큰면
이틀 전 아침에는 명왕성 마트에서 삼각김밥
점심에는 금성 마트에서 훈제계란
저녁에는 프란치스코 마트에서 미역국밥
오늘 아침에는 동인천마트에서 오뚜기컵밥
점심에는 부산진마트에서 육개장국밥
저녁에는 서대구마트에서 강된장비빔밤
팬데믹 사태와 우크라이나 전쟁으로 인한
물가폭등 등 가파른 금리인상으로 인해
평소 즐겨 먹었던 칼국수와 냉면을 비롯한
여러 음식들이 가파르게 인상되는 시대가 됐다
그런 연유로 T는 장거리 출장시
며칠씩 마트에서 끼니를 해결한다

연민

자신을 동정하지 않는

평원의 하이에나와 사자

혹은 기린이나 얼룩말처럼

누군가에게 위로 받을 생각과

불평불만을 늘어놓지도 말고

말 없는 저 짐승들처럼

주어진 생을 살아가자
오늘 이 시간과 내일을 위해

다른 뜻은 없다

나를 웃게 만드는 우물 앞에 서서 회양목 잎 잎을 그렸다
그 잎 잎도 나를 바라본 뒤 웃는 것 같았지만 웃는 걸까
나를 웃게 만드는 해태 앞에 서서 등나무 잎 잎을 그렸다
그 잎 잎도 나를 바라본 뒤 웃는 것 같았지만 웃는 것인지
나를 웃게 만드는 덕수궁 앞에 서서 능소화 잎 잎을 그렸다
그 잎 잎도 나를 바라본 뒤 웃는 것 같았지만 웃는 걸까
나를 웃게 만드는 경회루 앞에 서서 불두화 잎 잎을 그렸다
그 잎 잎도 나를 바라본 뒤 웃는 것 같았지만 웃는 것인지
누가 만든 잎이고 나무인지 누군가 만든 이가 분명 있겠지
연녹색과 녹색 진초록을 오고 가면서 잎 잎 잎 사이 나무들
웃는 건지 계속 웃는 모습으로 서 있을 건지 잘 모르겠기에
오전 5시에서 7시 8시 9시 10시 12시를 지나 나비가 날고
수십 마리 새들이 하늘 위로 날아오를 때 나무들은 하하하
나를 가끔 슬픔에 빠지게도 하지만 그 자리에 선 채 웃는다
그래 나는 회양목과 등나무 능소화 불두화 나무를 바라보며
나를 웃게 만드는 잎 잎 잎 잎을 향해 흔들리지 않고 웃는다

5

금호동 戀歌

어머니는 동네 사람들에게
내 아들 승재는 큰사람(검사)이 될 것이라고 말했다
하지만 승재는 범죄자를 잡아들이는
검사는 되지 않았고
언어를 다루는 言語 魔法師라고 불리는
소설가가 되었다
그런 승재가 소설집『로체가 있던 자리, 금호동』에서
사랑한 선희는 누구인가
늘 약속 장소에 먼저와 기다리던
어디쯤 오고 있냐며 强迫症처럼 카톡을 날리던
″살아가는 건 살아지는 게 아니라 사랑하는 일이에요 ″ 라고
부산에 살았으며 대티 터널만 지나게 되면
만날 수 있는 여자가 선희였다

아니 어린 시절 옆방에 살았던
예쁜 이름을 갖고 있던 선희 아줌마였다
승재 나이 열한 살 때 금호동 달동네에 살았던
그녀는 어디선가 많이 본 것 같은 얼굴이었다
승재는 그 무렵 자신을 꼭 기억해 달라고 부탁한
굼슬겁던 선희 아줌마로 인해 소설을 쓸 때면
金湖洞 산 1344번지에 선희가 살고 있다고.
혹은 선희가 자신의 첫사랑이었다고 쓰곤 했다.
세상 모든 선희는 자신이 아끼는 여자들이라고
그곳에 함께 간 여인이라면
자신의 말을 믿을 수 있다고

그 믿음에 확신을 갖게 된다고
어떤 별이 한순간에 폭발하는 것처럼
45년 전 선희 아줌마는
승재에게 아무런 말도 없이 금호동을 갑자기 떠났지만
사랑에는 어떤 운명이 있고
만나고 헤어지는 것 또한 必然인 것처럼
그런 연유로 1,000년의 사랑과
단 11분의 사랑도 1,000년 사랑과 같을 수 있다고 되뇐다.

요즘도 승재는 삶이 힘들거나
혹은 즐거울 때면 금호동을 찾는다.
그럼 그 곳엔 58세 늙은 남자는 어느 순간 사라지고
19세 때 집을 떠난 승재가 그 자리에서 서성거리곤 한다
그러다 언덕을 오르내리며 보지 못했던 카페를 마주하게 됐다
그 카페 상호가 밀레니엄이다
선희는 그 곳에 19개월 전 카페를 오픈했다고 한다
승재는 그동안 카페 밀레니엄을 어떤 이유로 인해 보지 못한 건지
그 자신도 잘 알지 못한다
그녀는 19개월 전에 오픈했다고 했다
그러나 실내 인테리어가 새롭다는 느낌은 전혀 들지 않고
찌그덕 거리는 문짝이 곧 바스라질 것 같은
頹落한 분위기의 카페다

58세인 승재가 카페 밀레니엄에서

19개월 전이 아닌 19년 전 본 그림을
시간과 공간을 훅 뛰어넘어서
금호동 카페 밀레니엄에서
다시 보게 된 사실은 어떻게 설명할 수 있는 건지
벽에 걸린 그림은 선희가 오랜 전 그린 것이다
선희는 자신이 그린〈빅뱅은 스켈레톤을 타고〉란 제목의
썰매를 타고 질주하는 왼쪽 몸통만 그려져 있는
선수에 관해 자세히 설명했다
그녀의 낮은 목소리에 귀를 기울이다
승재가 몸이 반쪽이 된 남자는
삶이 얼마나 고통스러울까라고 생각했을 때
괴로움은 아래로 저 아래로 무겁게 주저앉아
선희와 승재는 더 이상 내려 갈 수 없는
지하 260 계단 밑으로 쓔 우 웅 내려가게 됐다

인간은 죽게 되면 그 가치가 안개처럼 사라지게 되는 걸까
승재를 사랑한 선희가 천년동안 애인을 기다린
카페 밀레니엄은 어느 곳에 숨어 있었던 건지
승재는 왜 이제야 카페 밀레니엄을 찾게 된 걸까
수를 셀 수도 없을 만큼 여러 생을 함께한
선희와 승재는 얼마나 많은 기억들을 공유한 걸까
어느 날 승재는 63빌딩에서 갑자기 뛰어내리려고 했다
높디높은 곳에 올라서 저 새처럼 날고 싶은 충동에
홍콩 배우 장국영처럼 급작스럽게
만다린 오리엔탈 호텔에서 훨훨 날면 창공을 날게 된다면

떨어진 뒤 머리가 바닥에 떨어져
쿵하는 소리가 귀에 몹시 거슬릴 것 같아
승재는 훌훌 저 하늘로 날아오르는 것이 아닌
땅바닥에 곤두박질치는 행위를 접었다

그후 에베레스트 남쪽에 위치한 로체 정복을 결심한 뒤
로체에 올라 설인 예티를 만날 수 없다고 해도
물곰처럼 강인한 생명력으로 살아남기로 했다
우습게도 예티에 대한 이야기를 들었던 건
5년 전 로체 모텔 삐걱거리는 침대 위에서였다
“사랑은 시간에 지고 마는 전쟁과 같다고”
선희는 승재 눈을 빤히 들여다보면서 말했다
예티를 만나지 않기를 바라는 마음이었던 걸까
그렇지 않았던 건지 확실하지는 않다
그러나 다시 생각해보면 선희의 그 마음을
승재는 잘 읽은 걸까 전혀 읽을 수 없었던 건지
생각하지 말자 아무런 생각도 하지 말고
앞을 향해 앞으로 나가게 되면 로체 정상이 있다고

한 여인이 승재 앞에서 걸어가고 있다
흰옷을 입고 있다 까닭을 전혀 모른 채
노랑나비 한 마리가 팔랑팔랑 날아가듯
승재는 그녀 뒤를 좇아가고 있다
뒤태가 고운 여자는 승재가 사랑하는 여인인 것 같다

꿈이다 5월 시붉은 장미꽃 수북하게 떨어진
길 위에서 또다시 꿈을 꾼 것이다
그러다 긴 코를 늘어뜨린 코끼리를 거리에서 봤으며
흘러간 과거는 빠르게 지나갔고
과거 시간은 추억이 됐다
그 뒤로는 고통과 함께 아련함만 남는다
기다리는 시간은 괴로움만 남기는 건지
승재 뒤에는 코끼리 일백 칠십 마리가 서 있고
그 뒤엔 누군가 있다
누군가가 뒤에 있다는 건
그 누군가 앞에 승재가 서 있다는 말이다

뒤돌아봐야 할까 하지만 몸을 돌려 돌아 볼 수가 없다
승재 뒤에는 누가 서 있는 걸까
"사랑해요 정말로 사랑해요 당신을 만나서 행복했어요"
승재 귀를 잔잔하게 울리는 이 말은
시간과 無限한 空間을 超越해 과거에서 말하고 있는 걸까
아님 지금 이 순간 선희가 승재에게
당신을 향한 내 사랑은
여전히 끝나지 않은 현재 진행형이라고
그도 저도 아니라면
다음 생에서 이뤄질 깊은 사랑을 위해
끊임없이 말하고 있는 걸까
나는 모른다 그 둘의 사랑이 어떤 식으로 이어질지
내 어찌 알 수 있겠는가

하지만 나는 사랑하는 사람 가슴속에서 우러나온
純潔한 마음을 믿는다

*금호동 戀歌는 작가 정승재의 소설 『로체가 있던 자리 금호동』을 모티브로 집필. 작가와 함께 (Zoom)으로 출판기념회를 연 비대면 자리에서 시낭송으로 발표하기도 했다.

어느 봄날 無籬居士와 함께

오전 이른 시간에 鎭川 吳處士에게 전화가 왔다
바로 받지 못하고
샤워실에서 나와 통화를 했다.
금일 12시에 있을 우기 아들 결혼식에 꼭 가려고 했으나
노모 봉양과 팬데믹 사태로 인해 참석이 어렵다고 말했다.
너무 걱정하지 말라고 말한 뒤
형이 겪고 있는 어려움에 대해 잘 전하겠다고 했다.
거실 장롱에서 먼지 낀 양복을 꺼내
베란다로 나가 툭툭 털어 걸친 뒤
흰 와이셔츠에 초록색 별 무늬 넥타이를 맸다.
딸이 사준 평소 아끼는 넥타이다.
여느 때와 다름없이 집필실에 나와
청탁 원고 마무리를 하려고
머리를 쥐어짜며 자판을 재게 놀렸지만 마감하지 못한 채.
창동 무이거사에게 약속시간보다
조금 일찍 예식장으로 출발하자고 했다.
아무래도 많은 사람들이 모이는 곳이다보니
혼주와 잠시 잠깐이라도 시간을 갖기 위해서는
다른 축하객들보다 먼저 참석해야 할 것 같았다.
출발하면서 차창 밖 풍경을 바라보니 온통 꽃이다.
개나리 진달래 목련 수수꽃다리 등 등 수많은 꽃들이
내 눈에 들어와 마구 꽂힌다.
빛이다 찬란한 빛들이 천지사방으로 흩어진다
天空에서 빛 화살을 마구 무차별적으로 쏘고 있다.
순간 우리들 마음자리에도 빛이 천천히 스며들어

어둑신한 공간에 불을 확 밝히는 것 같았다.
화계사에서 출발 15분 뒤 그곳에 도착 거사와 함께.
다시 수유리 방향으로 되돌아와
타이어 가게 삼흥연립 옆 다리와 언덕길을 넘어
솔샘 터널과 물빛이 곱게 반짝이는
정릉천 주변 낡삭은 집들을 스치듯 바라보며.
이곳에서 어린 시절 오랜 시간을 보낸
그곳은 돌아가신 어머니와 많은 추억이 배어 있다는
물기 젖은 형의 말에 귀를 기울이면서
조선 태조 4년에 무학대사가 창건한 유서 깊은 奉國寺를 지나
구불구불 길에서 길로 길게 이어진 길을 휘돌아.
성북동 가파른 언덕길에 오르니 성벽처럼 늘어선 외교가 길 앞.
법정 스님과 백석 시인 자야 여사와 인연이 깃든 길상사가 환하다
10여분 뒤 성균 웨딩홀에 도착 그곳 주차장에 차를 주차한 뒤
천천히 걸어서 예식장에 들어가려다
500여년 동안 이어져 수많은 인재를 길러내고 있는 자리에 서서.
임금이 親臨해 과거를 시행한 丕闡堂을 바로 지나치지 못한 채
그 자리에서 뿜어져 나오는 듯한 진한 먹향에 취해
오래 전 국가 백년대계를 고민한 선비들과 교감한 뒤.
1층 로비에서 붉은 보타이를 매고 하객들을 반갑게 맞고 있는
이마가 훤한 우기와 아름다운 그의 아내를 무이와 함께 만났다.
그 자리에서 방명록에 서명을 했다.
거사가 내 이름까지도 대신 기록을 남겼다.
햇살이 쨍쨍 쨍 돌계단에 부딪혀 소리를 낼 것 같은 11시쯤이었고.
그동안 뵙지 못한 여러분들을 반갑게 만나 인사를 나누었다.

古雅한 정취가 느껴지는 건물 3층에서 예식은 진행되었고
주례를 본 목사님께서는 인생을 살아가는 젊은 커플에게
여러 좋은 말을 하셨으며 또한 기억에 남는 생생한 말씀은
하객들 앞에서 스스럼없이 사랑에 관한 시를 낭송한 순간이다.

그대가 나를 사랑해야 한다면
오로지 사랑을 위해서만 사랑해주세요
그리고 부디 미소 때문에, 미모 때문에, 부드러운 말씨 때문에,
그리고 또 내 생각과 잘 어울리는 재치 있는 생각 때문에,
그래서 그런 연유로 내게 기쁨을 주었기 때문에
그 여인을 사랑한다고는 정말 말하지 마세요
임이여! 사실 이러한 것들은 그 자체가 변하거나
당신을 위하여 변하기도 합니다.
그러기에 그렇게 이루어진 사랑은
또 그렇게 잃어버리기도 하는 것입니다

– (로버트 브라우닝, 그대가 나를 사랑해야 한다면)

어떤 그 무엇 때문에 사랑하는 것이 아닌
무조건 당신을 사랑하는 까닭에
조건없이 사랑을 해야만 한다는 시였다
지금 다시 들어도 가슴을 찡하게 울리는 내용이다.
식장에 서 있는 신랑 모습을 바라보니 軒軒丈夫다
내 마음 역시 흡족한 마음에 입꼬리가 저절로 올라갔다.

아이들은 성장해 어른이 돼 이 사회 주역이 되고.
어른들은 늙어 자리를 내준다더니
주변 사람들이 벌써 하나 둘씩 세상을 떠나
식장에 참석해 앉아 있는 하객들을 바라보다.
와야 할 사람들이 오지 못한
특히 지난해 돌아가신 아버님 빈자리로 인해
마음에 싸한 바람이 휘이익 들이치는 것 같았다.
식장 중간 오른쪽 자리에서 만난 허가수는
뷔페식당으로 내려가 아침 겸 점심을 하려고 했지만
선배인 무이가 이 자리에 와 있다는 소리에
건너편 카페에서 기다리고 있던
거사에게 함께 가 인사를 나눌 수 있었다
요즘 그는 소극장 인수를 위해 바쁜 시간을 보내고 있다.
결혼식에 참석했지만 식사를 하지 못한
그가 근처 국밥집에서 아점을 하겠다고 하여
그곳을 나와 우리 둘만 차에 올랐다
애초엔 원주 이서책방을 찾기로 했지만 다음을 기약한 뒤
水落山에 은거 중인 정선비를 깜짝 방문하기로 했다
그와 오랜만에 會同 계곡 물 흐르는 소리 귀를 찌르는데
산중턱을 향해 느린 걸음으로 30분 정도 걸어 오르다보니
담소를 나눌 만한 넓은 바위가 있다
그 자리에 둘러앉아 이런저런 이야기를 나누다
저녁 시간이 다 되어 올랐던 산길을 터덜터덜 내려가다
천상병 공원 앞에 세워놓은 시비 앞에 멈춰섰다
20대 젊은 시절 혜화동 사거리 옆 두부집에서

막걸리를 함께 마셨던 그의 순박한 얼굴이 떠올라
울컥하는 마음에 그냥 지나칠 수 없었다
30여년 전 그는 세상을 떠났고
안주인인 목 여사도 남편을 따라갔지만
오늘 천상병 시인을 이 자리에서 다시 만나고보니
감회가 새롭다고 할까
살아남은 자의 슬픔이랄까 삶의 무게가
으으음 무겁다는 느낌을 지울 수가 없다
우리 셋은 번갈아 그의 시를 낭송했다
무이는 그가 남긴 대표작이라고 생각되는 歸天을 읊었다

나 하늘로 돌아가리라
새벽빛 와 닿으면 스러지는
이슬 더불어 손에 손을 잡고
나 하늘로 돌아가리라

노을빛 함께 단 둘이서
기슭에서 놀다가 손짓하면은
나 하늘로 돌아가리라
아름다운 이 세상 소풍 끝내는 날
가서
아름다웠다고 말하리라

– (천상병, 歸天)

삶이란 시간은 참으로 빠르게 흘러가는 것 같다.
시간과 함께 주변 사람들도 저 개울물처럼 卒 卒 卒
아님 후 우 우 먼지처럼 사라지는 걸까
시인은 천상으로 자리를 옮겨 잘 지내시는지
먼저가 자리를 잡은 친구들을 불러모아
평소 좋아한 막걸리를 허름한 주점에 앉아
변함없이 벌컥벌컥 마실 거라고 어림짐작하지만
그에게 오랜만에 안부를 묻고 싶다
그곳에선 고통받지 않고 편하게 머무시길 빈다
이런저런 모든 시간들이 추억이 될 화창한 봄날에

마임이스트 權氏

도서
출판 문장

정종명, 고정욱, 이재인 작가와 함께 몽골에서.

그린이_ 고정애

강만수 (2022年)